BLACKPINK
RAINHAS DO K-POP

HELEN BROWN

BLACKPINK
RAINHAS DO K-POP

TRADUZIDO POR
LUIZA MARCONDES

Text copyright © 2020, Buster Books
Artwork adapted from: www.shutterstock.com
Publicado na Grã Bretanha em 2020 por Buster Books, uma impressão
de Michael O'Mara Books Limited, 9 Lion Tard, Tremadoc Road,
London SW4 7NQ
Tradução para Língua Portuguesa © 2020, Luiza Marcondes
Título original: BLACKPINK – Queens of K-Pop
Escrito por Helen Brown
Todos os direitos reservados à Astral Cultural e protegidos pela Lei 9.610,
de 19.2.1998. É proibida a reprodução total ou parcial sem a expressa
anuência da editora. Este livro foi revisado segundo o Novo Acordo
Ortográfico da Língua Portuguesa.
Conteúdo atualizado até 04 de maio de 2020. Este livro não é afiliado ou
endossado pelo BLACKPINK ou por qualquer um de seus editores ou licenciados.
Todos os esforços para creditar os detentores de direitos autorais foram realizados.
Os editores estão à disposição para corrigir, em edições futuras, erros ou omissões
que vierem a ser apontados.

Produção editorial Aline Santos, Bárbara Gatti, Fernanda Costa, Mariana Rodrigueiro, Natália Ortega e Tamizi Ribeiro
Revisão técnica Tiago Oliveira
Foto de capa Jordan Strauss/Invision/AP/Shutterstock
Foto de orelha Roger Kisby/Stringer/Getty Images for YouTube
Capa Agência MOV

Dados Internacionais de Catalogação na Publicação (CIP)
Angélica Ilacqua CRB-8/7057

B897b
    Brown, Helen
       BLACKPINK : rainhas do K-Pop / Helen Brown ; tradução de Luiza Marcondes. – Bauru, SP : Astral Cultural, 2020.
       112 p. : il., color.

       ISBN: 978-65-5566-000-5
       Título original: BLACKPINK – Queens of K-Pop

       1. Música popular – Coreia (Sul) 2. BLACKPINK (Conjunto musical) 3. K-Pop 4. Literatura infantojuvenil I. Título II. Marcondes, Luiza

    20-1785
                                            CDD 780.9519

Índice para catálogo sistemático:
1. Grupos musicais – Coreia (Sul)

 ASTRAL CULTURAL EDITORA LTDA.

BAURU
Av. Duque de Caxias, 11-70
8º andar, Vila Altinopolis
CEP 17012-151

SÃO PAULO
Rua Helena 140, sala 13
1º andar, Vila Olímpia
CEP 04552-050

E-mail: contato@astralcultural.com.br

ONDE QUER QUE EU ESTEJA, SOU ESPECIAL.

BOOMBAYAH - BLACKPINK

SUMÁRIO

11 — MOLDANDO O GRUPO

17 — JISOO, A IDOL EM POTENCIAL

25 — BLACKPINK E SEUS BLINKS

33 — JENNIE, A FASHIONISTA DO GRUPO

41 — A JORNADA POR MEIO DA MÚSICA

51 — GANHANDO O MUNDO

59 — ROSÉ, A GAROTA TALENTOSA

67	**BASTIDORES DO BLACKPINK**
73	**LISA, A PRINCESA TAILANDESA**
80	**LINHA DO TEMPO**
85	**A ROTINA DE K-BEAUTY**
93	**SUPERQUIZ**
97	**ONDE ACHAR O BLACKPINK**
101	**O FUTURO DO GRUPO**
105	**RESPOSTAS**

MOLDANDO O GRUPO

EM 2016, ANO EM QUE DEBUTARAM COMO UM GRUPO, JISOO, JENNIE, ROSÉ E LISA CAPTURARAM A ATENÇÃO DAS PESSOAS EM TODO O MUNDO.

De lá para cá, o sucesso das quatro garotas se tornou cada vez maior, inúmeros recordes mundiais foram quebrados e elas já deixaram o seu marco na história do K-Pop. Antes de se conhecerem e se tornarem membros do grupo, cada uma das meninas já tinha suas conquistas individuais, mas, quando elas se uniram, foram capazes de criar músicas tão poderosas e inspiradoras que não olharam mais para trás.

A primeira missão foi escolher um nome que conseguisse expressar todo o poder do grupo para o mundo. Os fãs concordam que a decisão final — BLACKPINK — é um ótimo símbolo do movimento feminista da atualidade: rosa é a cor mais associada com a feminilidade, e, ao combiná-la com a mais pesada, preta, o grupo brinca com o estereótipo de um jeito sutil.

Para a YG Entertainment, responsável pelo BLACKPINK, a escolha é um bom retrato de como essas quatro mulheres, fortes e inteligentes, se tornaram a personificação não apenas da beleza física, mas, principalmente, de enorme força e talento. Como canta Jennie nos primeiros versos de "DDU-DU DDU-DU": "Meu rosto é gentil, mas minhas atitudes não são".

O BLACKPINK foi o primeiro *girl group* dos últimos anos a ser representado pela YG: antes dele, a empresa foi responsável pelo 2NE1, grupo que vendeu 66,5 milhões de álbuns e foi um dos mais populares e bem-sucedidos da história do K-Pop, sendo referência até os dias de hoje.

O *debut* do BLACKPINK, *Square One*, foi lançado no dia 8 de agosto de 2016. As faixas, "Whistle" e "BOOMBAYAH", escalaram imediatamente para a primeira e a segunda posição do World Digital Songs da Billboard. As garotas foram mais rápidas do que qualquer outro grupo ou artista a conseguir esse feito, o que foi uma realização incrível. "Whistle" ainda ficou no topo das categorias digital, download, streaming e mobile do Gaon Chart em agosto de 2016. Para coroar, o grupo alcançou o primeiro lugar nos *charts* de *music videos* de K-Pop do QQ Music, o maior site de streaming musical da China.

Já na TV, a performance do BLACKPINK foi ao ar seis dias depois, no programa musical *Inkigayo*, da emissora sul-coreana SBS: as garotas apresentaram as duas faixas recém-lançadas e conquistaram o primeiro lugar. A vitória aconteceu apenas treze dias depois do *debut* do grupo, o que garantiu um recorde quebrado para o BLACKPINK: como o *girl group* que venceu um programa musical em tempo mais curto após o *debut*. O potencial do BLACKPINK para fazer sucesso no mercado global estava bem claro. Em outubro de 2018, a YG Entertainment firmou uma parceria com a Interscope Records e a Universal Music Group, a maior gravadora da indústria fonográfica do mundo, para representarem o grupo fora da Ásia. O acordo foi muito importante para a divulgação internacional do grupo: alguns meses mais tarde, o BLACKPINK já estava fazendo seu *debut* na televisão estadunidense, com apresentações nos programas *The Late Show with Stephen Colbert*, *Good Morning America* e *The Late Late Show with James Corden*. Os fãs têm papel determinante no futuro sucesso de um grupo, e as interações antecipadas são a chance de se criar muita expectativa e euforia para o *debut* oficial.

O reconhecimento do K-Pop e da cultura sul-coreana cresce mundialmente, em um fenômeno conhecido como *hallyu*. Do Japão aos Estados Unidos, o mundo todo está curioso para saber mais sobre esse universo, e o domínio do BLACKPINK não dá sinal de que vai diminuir. Ao contrário, o grupo está conquistando cada vez mais países no mundo.

"COMO UM GRUPO COM BAGAGEM MULTICULTURAL, TEMOS A GRANDE VANTAGEM DE SERMOS CAPAZES DE USAR A LINGUAGEM DE FORMA LIVRE... NOSSA MÚSICA PODE SER APRECIADA POR QUALQUER UM, INDEPENDENTEMENTE DE RAÇA, IDADE E GÊNERO."

JISOO, A IDOL EM POTENCIAL

Nome: Kim Ji-soo

Também conhecida como: Jisoo, Chi Choo, Jichu

Data de nascimento: 3 de janeiro de 1995

Signo: Capricórnio

Local de nascimento: Seul, Coreia do Sul

Altura: 1,62cm

Educação: Escola de Artes Cênicas de Seul

Idiomas: coreano, japonês, chinês básico

Início da carreira: começou como *trainee* na YG Entertainment em 2011

Entrou para o BLACKPINK: a terceira revelada, em 15 de junho de 2016

NA INFÂNCIA

Kim Ji-soo, mais conhecida como Jisoo, nasceu na pequena cidade de Gunpo, parte da província de Gyeonggi, na Coreia do Sul. Jisoo completou os estudos na Escola de Artes Cênicas de Seul e é trilíngue: ela domina coreano, japonês e chinês básico, mas é a única do grupo que não fala inglês fluentemente.

"NÃO SE CONFORME SÓ COM O QUE OS OUTROS TE DIZEM PARA FAZER, TENHA UM PULSO FIRME E FAÇA O QUE GOSTA, DE ACORDO COM A SUA PRÓPRIA INICIATIVA."

Não há muita informação divulgada a respeito dos pais de Jisoo, apesar de existir um rumor de que seu pai seria o diretor executivo da Rainbow Bridge World, empresa de entretenimento sul-coreana que gerencia, entre outros, o *girl group* Mamamoo. Jisoo é a mais nova de três irmãos: ela tem um irmão e uma irmã que são mais velhos e eles são uma família bem unida, e uma das provas disso está no fato de todas as meninas do BLACKPINK terem ido ao casamento do irmão de Jisoo, em maio de 2019. Ela já deu várias declarações em entrevistas sobre sua infância e as lembranças de brincar com os irmãos: a *idol* adorava brincar principalmente de Beyblades com o irmão.

O INÍCIO DA CARREIRA

Jisoo já amava cantar desde criança. Em encontros de família, ela estava sempre fazendo apresentações cantando e dançando e os parentes a cobriam de elogios, o que, com certeza, ajudou a *idol* a ter confiança para ir atrás de uma carreira musical, e não demorou para que ela começasse a participar de audições.

A garota entrou para a YG Entertainment aos dezesseis anos, em agosto de 2011. Em um episódio do *talk show* sul-coreano *Radio Star*, que foi ao ar no ano de 2017, Jisoo contou que foi procurada pela S.M. Entertainment depois de ser notada por um agente em um evento da YG — porém, como já havia assinado contrato com a outra empresa, precisou recusar a oferta feita pela S.M.Entertainment.

"ESTÁVAMOS ASSISTINDO A UM SHOW E [ALGUÉM ME PERGUNTOU] 'JÁ PENSOU EM TENTAR VIRAR UMA *IDOL*?' E, COMO A NOTÍCIA DE QUE EU JÁ ERA *TRAINEE* AINDA NÃO TINHA SIDO ANUNCIADA OFICIALMENTE, ACABEI TENDO QUE DIZER QUE SÓ NÃO TINHA INTERESSE."

Jisoo participou do dorama *The Producers* em 2015, ao lado de Sandara Park, do 2NE1. Estava claro que Jisoo tinha tanto o visual como o talento de uma estrela em potencial. Ela dedicou muitas e muitas horas para chegar lá: seu treinamento com a YG Entertainment se estendeu por cinco anos até ela ser finalmente revelada como a terceira garota do BLACKPINK, em 2016.

"Antes do nosso *debut*, tudo o que queríamos era subir no palco e ter fãs. Estávamos sempre nos perguntando, 'Será que as pessoas vão gostar de nós?'."

JISOO
JISOO
JISOO
JISOO
JISOO
JISOO

Atualmente, Jisoo se sente responsável por garantir que o BLACKPINK esteja à altura das expectativas dos Blinks — que, por sua vez, expressam o tempo todo seu amor e apoio pelo grupo. A *idol* está sempre atenta a todos os detalhes das performances para garantir que elas deixarão os fãs satisfeitos: ela tem consciência de que, por mais que as garotas preparem tudo com perfeição, uma apresentação livre de problemas nunca é totalmente garantida.

CONFIANÇA, CARISMA, CHARME

A confiança nata de Jisoo só cresceu com o passar do tempo e, como a mais velha do grupo, ela tende a tomar a frente, tanto nos momentos de dar entrevistas como no palco. Apesar de ser a mais velha do grupo, Jisoo tem todas as características de uma *maknae* — ela costuma ser bem engraçadinha e adora rir de si mesma. Os Blinks vão à loucura quando podem vê-la na TV, já que sua personalidade divertida pode ser sentida através das telas. E, em 2019, ela voltou a participar de um dorama, *Crônicas de Arthdal*.

VOCÊ SABIA?

Jisoo é a única que nunca derramou "lágrimas de alegria" em uma premiação. Isso não quer dizer que ela não fique emocionada: as outras garotas já contaram que ela tem um lado sentimental.

DEZ FATOS SOBRE JISOO

Jisoo adora cachorros e tem um lindo maltês branco chamado Dalgom, também conhecido como Dalgomie.

Ela, inclusive, dorme sempre abraçada com Dalgom, porque ele a ajuda com seus episódios de paralisia do sono e também com pesadelos.

Até o momento, Jisoo tem nove piercings — quatro na orelha esquerda e cinco na direita.

Ela admite que se considera a pior dançarina do grupo, e diz que sua habilidade com a dança ainda está em progresso e que consegue dançar melhor quando elas praticam.

Gosta de ocupar o tempo livre jogando videogame, e adora jogar com Jennie.

A *idol* é uma artista de vários talentos: ela sabe tocar bateria e piano, e fez aulas de taekwondo.

Diz que consegue equilibrar qualquer coisa na cabeça — exceto seu cachorro.

É obcecada pelo Pikachu, de Pokémon. Jisoo tem um monte de produtos do Pikachu, inclusive um chapéu, um macacão e muitas pelúcias.

Ama ler e é considerada a "rata de biblioteca" do grupo. Jisoo já disse que sempre sente "pequenas alegrias" quando lê um livro.

O amor de Jisoo por animais não é incondicional: ela tem fobia de roedores, especialmente de coelhos e de hamsters, e foi até mordida por um quando era criança.

CONSELHOS DE JISOO PARA A VIDA

"Não dá para desobedecer a verdade da vida."

"Na vida, é tudo questão de encontrar os momentos oportunos."

"Viver não é fácil, existem tantas encruzilhadas... Assim é a nossa vida."

O QUE AS MENINAS TÊM A DIZER SOBRE JISOO?

Jisoo é uma artista que traz muita confiança para o grupo. Ela está sempre fazendo as garotas rirem e é conhecida como a "mood maker", aquela que sempre deixa o clima bom.

JENNIE: "Se eu fosse um cara, namoraria Jisoo, porque ela sabe me fazer rir".

LISA: "Jisoo é engraçada demais. Quando estou com ela, fico sempre feliz e não paro de rir".

BLACKPINK E SEUS BLINKS

O BLACKPINK tem centenas de milhares de fãs ao redor do mundo, que estão entre os mais dedicados quando o assunto é esperar por novidades do grupo ou divulgar o mais novo *MV*, sempre prontos para quebrarem mais algum recorde com as garotas.

"O NOME 'BLINK' É FORMADO PELAS PRIMEIRAS E ÚLTIMAS LETRAS DE BL-ACKP-INK, O QUE QUER DIZER QUE ESTAMOS JUNTOS DO INÍCIO AO FIM."
— BLACKPINK, 2016

A marca registrada da música de *debut* do grupo, "BOOMBAYAH", é o verso "BLACKPINK in your area". As meninas sempre usam a mesma frase no Twitter e em outras redes sociais para anunciar aos fãs novos planos e shows. Segundo Jennie, o grupo se sente "abençoado" por estar em destaque atualmente.

"É uma grande honra receber tanto amor, e nós queremos valorizar cada segundo."
— Jennie, 2018

Criar o *fandom* foi um dos momentos mais especiais da carreira das meninas: nem em seus maiores sonhos elas imaginavam que sua música alcançaria tantas pessoas ao redor do mundo. Definitivamente, são muitos fãs acompanhando.

As próprias garotas têm raízes multiculturais, vindas da Nova Zelândia, da Austrália, da Tailândia e da Coreia do Sul. Jennie, Lisa e Rosé também falam inglês fluentemente, o que ajuda os fãs ocidentais a se conectarem e se sentirem mais próximos do grupo.

A possibilidade de entender e se comunicar com os Blinks ao redor do mundo, aliás, se mostrou essencial para o sucesso do BLACKPINK. O grupo faz uso do inglês não apenas para conversar com os fãs estrangeiros, mas também para apresentar a cultura sul-coreana a eles. As meninas têm consciência e respeito por todos os diferentes aspectos culturais que encontram e, de várias formas, estão sempre incentivando os fãs a reconhecerem e a ter compreensão com essas mesmas diferenças.

Dá para notar a preocupação com a inclusão também nas apresentações do grupo: o BLACKPINK já fez questão de demonstrar seu apoio pela *fanbase* LGBTQIA+ subindo ao palco com bandeiras do arco-íris durante uma turnê pelas Filipinas, por exemplo. Hoje, o casamento entre duas pessoas do mesmo sexo ainda não é legalmente reconhecido na Coreia do Sul — por meio desses pequenos atos, as meninas tentam fazer com que cada fã possa ter orgulho de si mesmo, e se sinta aceito e amado pelo grupo.

///
PERGUNTA RÁPIDA

O BLACKPINK leva os Blinks para uma visita aos bastidores nos episódios de um *reality show*. Como ele se chama?

COMO ENCONTRAR AS GAROTAS

Esteja sempre preparado
Chegue bem cedo aos shows ou espere até depois das apresentações para aumentar as chances de encontrar uma das meninas. Não se esqueça de ter o celular em mãos para conseguir aquela *selfie*.

Vá para os *fansigns*
Eles são a oportunidade perfeita para encontrar o grupo e ainda ter seus álbuns autografados. Em geral, existem dois tipos de *fansign*, com regras de acesso diferentes: alguns funcionam por ordem de chegada e outros através de sorteios. Fique atento e confira sempre as regras dos eventos, já que, às vezes, as primeiras cem pessoas que compram um novo álbum recebem ingressos, por exemplo, e, em outros casos, é só questão de sorte.

Escreva cartas
Eventos de *fansign* são também uma boa oportunidade de demonstrar carinho entregando cartinhas escritas à mão para as meninas. Alguns Blinks sempre tentam dar outros presentes para o grupo, mas as garotas são proibidas de aceitar: os mimos podem ser vistos como um tipo de suborno para obter tratamento especial. Apesar disso, no início de 2019, uma Blink presenteou Jennie com um porquinho de brinquedo, que ela acabou aceitando com um gesto de 'shiu' — como se dissesse que aquele era o segredinho delas!

Tudo ou nada

Você pode tentar chamar atenção durante as apresentações ao vivo gritando mais alto do que todo mundo. Durante uma apresentação em Manila, nas Filipinas, em março de 2019, alguém gritou da plateia um pedido de casamento para Jennie. Como resposta, a garota apontou para o dedo anelar e estendeu as mãos, querendo dizer que deveria ganhar um anel!

Saiba quando encerrar a missão

Selfie? *Check*. Declaração de Blink dedicado? *Check*. Agora, é hora de deixar as meninas irem para o próximo show. Alguns Blinks acabam causando enormes transtornos nos eventos, chegando até a invadir o espaço pessoal e a privacidade do grupo. Seja um fã consciente: é muito mais proveitoso conhecer as meninas quando elas estão de acordo com o encontro.

♥ ♥ ♥ ♥ ♥ ♥ ♥

"Aos nossos fãs de todo o mundo: somos muito gratas por todo o seu amor e apoio."
Jisoo, 2018

♥ ♥ ♥ ♥ ♥ ♥ ♥

"Pensar que uma conexão foi criada entre os fãs e nós mesmas nos fez muito felizes."
Jennie, 2018

♥ ♥ ♥ ♥ ♥ ♥ ♥

"Somos definitivamente agradecidas pelas pessoas ficarem ansiosas para ouvir nossa música e assistir às nossas apresentações."
Rosé, 2018

♥ ♥ ♥ ♥ ♥ ♥ ♥

"Obrigada, Blinks de todo o mundo, por estarem torcendo por nós o tempo todo."
Lisa, 2018

♥ ♥ ♥ ♥ ♥ ♥ ♥

JENNIE, A FASHIONISTA DO GRUPO

Nome: Kim Jennie
Também conhecida como: Jennie, Jendeukie, Human Chanel, Nini
Data de nascimento: 16 de janeiro de 1996
Signo: Capricórnio
Local de nascimento: Gyeonggi, Coreia do Sul
Altura: 1,63cm
Educação: ACG Parnell College, Nova Zelândia
Idiomas: coreano, japonês e inglês
Início da carreira: se tornou *trainee* na YG Entertainment em 2010
Entrou para o BLACKPINK: foi a primeira a ser anunciada, em 1 de junho de 2016

NA INFÂNCIA

Kim Jennie, mais conhecida apenas como Jennie, nasceu em Gyeonggi, uma pequena cidade em Seul, na Coreia do Sul. A *idol* vem de uma família muito trabalhadora — sua mãe é diretora de uma empresa de publicidade e o pai é dono de um hospital. Sendo filha única, ela considera as meninas do BLACKPINK como suas irmãs, especialmente Jisoo, de quem é muito próxima. Jennie também é trilíngue: domina japonês, coreano e inglês.

"NO INÍCIO, MEUS AMIGOS ME AJUDAVAM E DIVIDIAM AS ANOTAÇÕES COMIGO. HOJE, ESTOU BEM MAIS CONFORTÁVEL COM O MEU INGLÊS DO QUE ANTES."

Aos nove anos de idade, Jennie se mudou para Auckland, uma cidade localizada na Nova Zelândia, onde ficou por cinco anos como estudante de intercâmbio. A primeira aparição de Jennie nas telas, aliás, foi em um documentário, *English, Must Change To Survive* (*Inglês, é preciso mudar para sobreviver*), lançado em 2006, no qual ela fala sobre suas experiências com o aprendizado do idioma e sua vida na Nova Zelândia.

O INÍCIO DA CARREIRA

Jennie costumava ouvir muito K-Pop na época em que morava na Nova Zelândia, e foi lá que a garota começou a sonhar em se tornar uma *idol*. Finalmente, ela contou à mãe sobre os planos de construir uma carreira na música e, para alcançar seu objetivo, se mudou de volta para Seul, em 2010. Jennie foi aprovada em uma audição da YG Entertainment no mesmo ano e fechou um contrato para ser *trainee* pelos seis anos seguintes.

Nesse período, Jennie se tornou uma das *trainees* mais renomadas da YG Entertainment e fez várias participações em trabalhos de outros artistas. A atenção dos fãs foi despertada de vez depois de sua atuação no *music video* "That XX", de G-Dragon (BIGBANG), em 2012 e na faixa "Black", lançada em 2013. Ela ainda colaborou com diversos outros artistas da YG, como em "Special", de Lee Hi e "GG Be", de Seungri (ex-BIGBANG).

"DEPOIS DE RECEBER APOIO DA MINHA MÃE, VOLTEI PARA A COREIA, PRONTA PARA CONSTRUIR MEU FUTURO POR MEIO DA MÚSICA."

Em 2016, Jennie acabou se tornando a rapper principal e vocalista do BLACKPINK. Quando seu nome foi confirmado, os fãs que já conheciam a *idol* ficaram em êxtase ao saber que ela iria finalmente fazer seu *debut* oficial como membro de um grupo.

LIGADA À MODA

Jennie foi reconhecida como a fashionista do grupo desde as primeiras aparições do BLACKPINK. Tanto nos palcos como nos *music videos*, Jennie coloca muito de sua personalidade nas roupas que veste, sendo assim, dentre as outras garotas, ela é a mais conectada com o mundo da moda: sempre vista em passarelas vestida com marcas como Gucci, Lanvin, Chanel e Givenchy. O seu lado fashionista em evidência fez com que a Chanel Korea a torna-se embaixadora da grife no ano de 2018, dando a Jennie não apenas um guarda-roupa Chanel totalmente renovado, como também um lugar na primeira fila no desfile da Chanel na *Paris Fashion Week* em outubro de 2018, ficando ao lado de celebridades como Pharrell Williams e Pamela Anderson.

JENNIE JENNIE JENNIE JENNIE JENNIE JENNIE

AVENTURAS SOLO

Outubro de 2018 foi também o mês do anúncio do *debut* solo de Jennie. A faixa "Solo" foi revelada em Seul, durante a turnê *In Your Area*, antes do anúncio oficial, que aconteceu apenas no dia 12 de novembro. "Solo" colocou em jogo toda a versatilidade de Jennie, como rapper e como vocalista. O *MV* também consagrou

a *idol* como ícone fashion — ela usou mais de vinte looks durante os três minutos do *music video*! Sendo a primeira do grupo a lançar uma faixa solo, Jennie ficou abismada quando a música alcançou o primeiro lugar no *chart* World Digital Song Sales da Billboard.

"Cada uma de nós tem a sua própria personalidade, gosto musical e estilo, então vai ser incrível se conseguirmos mostrar todas as nossas forças individuais por meio desses projetos solo."

> **VOCÊ SABIA?**
> *Ela foi a primeira artista solo de K-Pop a exceder 300 milhões de visualizações no YouTube.*

DEZ FATOS SOBRE JENNIE

Ela fez história ao se tornar a primeira artista feminina do K-Pop a chegar ao topo do *chart* World Digital Song Sales com "Solo", que trouxe ainda mais um recorde: entre as artistas do K-Pop, foi o *music video* mais assistido nas primeiras vinte e quatro horas do lançamento.

Foi eleita como um dos rostos mais bonitos de 2017.

A garota adora tirar fotografias com suas câmeras retrô.

Jennie tem dois cachorros: Kai e Kuma. Kai, um cocker spaniel branco, é tímido e não gosta muito de brincar, já Kuma, o spitz, é mais extrovertido.

Detesta viajar e sofre de enjoos.

Rihanna é a heroína de Jennie. Ela disse uma vez: "Minha ídola número um sempre vai ser a Rihanna. Ela tem tudo que eu um dia quero ter".

Depois de declarar que um de seus talentos especiais era comer salgadinhos sem fazer barulho, ela acabou desmascarada quando participou do *Knowing Brothers*, um programa de variedades. Os apresentadores ofereceram um salgadinho para Jennie e ela fez barulho quando comeu!

Jennie ama sorvete de leite.

As cores preferidas dela são... Preto e rosa!

Uma das atividades preferidas de Jennie é passar o tempo em casa com a família comendo morangos.

PALAVRAS DE GRATIDÃO DA JENNIE
"Vamos continuar trabalhando duro para receber muito amor e apoio dos fãs."

"O BLACKPINK fica em sua melhor forma com suas quatro garotas juntas."

O QUE AS MENINAS TÊM A DIZER SOBRE JENNIE?
Jennie é o elo que une o BLACKPINK. Dizem que o "preto" no nome BLACKPINK a representa, porque ela adora usar roupas escuras, que refletem sua persona sombria no palco.

LISA: "Jennie é tão descolada! E mesmo assim, às vezes, vemos o seu lado amoroso, ela é muito fofa".

JISOO: "Jennie foi a primeira de quem eu me aproximei quando cheguei aqui. As habilidades dela com a dança, o rap e o canto são mais do que boas. Ela é tão multitalentos e, além disso, é ela quem sempre toma a frente das decisões no nosso grupo".

A JORNADA POR MEIO DA MÚSICA

O BLACKPINK JÁ LANÇOU MUITA COISA DESDE O *DEBUT* DO GRUPO, EM 2016, MOSTRANDO SEMPRE MUITA VERSATILIDADE E TALENTO, SEJA NA HORA DE CANTAR, DANÇAR OU ATÉ MESMO TOCAR INSTRUMENTOS.

MINIÁLBUNS COREANOS

Square One (2016)

Lançado quando as meninas debutaram em 2016. As duas faixas, "WHISTLE" e "BOOMBAYAH", fizeram enorme sucesso comercial e apresentaram uma nova geração de estrelas do K-Pop para o mundo. Na Coreia do Sul, "WHISTLE" alcançou o primeiro lugar no Gaon Digital Chart. Já nos Estados Unidos, a faixa ficou em segundo no *chart* World Digital Songs da Billboard, com "BOOMBAYAH" logo à frente. O BLACKPINK chegou mais rápido do que qualquer outro artista no topo desse *chart*, e ainda ficaram no pódio de artistas que dominaram as duas primeiras posições, atrás apenas de PSY e do BIGBANG.

Square Two (2016)

Lançado alguns meses mais tarde, o trabalho contava com duas músicas inéditas — "Playing With Fire" e "Stay"— e uma versão acústica

de "WHISTLE". "Playing With Fire" foi o segundo single do grupo a levar o primeiro lugar no *chart* World Digital Songs da Billboard. O miniálbum alcançou ainda a 13ª posição no *chart* Top Heatseekers e o segundo lugar no *chart* World Albums dos Estados Unidos.

Square Up (2018)

Em *Square Up*, o mundo pode conhecer as faixas inéditas: "DDU-DU DDU-DU", "Forever Young", "Really" e "See U Later". "DDU-DU DDU-DU" passou três semanas no topo do Gaon Chart e virou o primeiro single do grupo a entrar para o Hot 100 Chart, da Billboard, na 55ª posição. Até abril de 2019, o single havia conquistado certificações da platina tanto para streamings como para downloads na Coreia do Sul.

Kill This Love (2019)

Com "Kill This Love", "Don't Know What To Do", "Kick It", "Hope Not" e o remix de "DDU-DU DDU-DU", o trabalho recebeu muitos comentários positivos e chegou até a 24ª posição no *chart* 200 Albums da Billboard. A faixa "Kill This Love" alcançou o 41º lugar no *chart* Hot 100 da Billboard: foi o terceiro single do BLACKPINK a aparecer nessa lista, o que também ampliou os recordes do grupo, de maior número de músicas no *chart* e de mais longo período de uma faixa no *chart* entre *girl groups* sul-coreanos.

MINIÁLBUNS JAPONESES

BLACKPINK (2017)

Em maio de 2017, foi anunciado que o *girl group* faria seu *debut* no Japão no verão daquele mesmo ano. O *debut* aconteceu com um *showcase* em julho na arena Nippon Budokan, em Tóquio, e o lançamento do miniálbum BLACKPINK em agosto, que inclui versões japonesas dos singles: "BOOMBAYAH", "WHISTLE", "Playing With Fire", "Stay", "As If It's Your Last" e a versão acústica de "WHISTLE". O miniálbum debutou no topo do *chart* Oricon Daily Album, fazendo com que o BLACKPINK se tornasse o terceiro grupo de fora do Japão a emplacar um lançamento de *debut* direto no primeiro lugar do *chart* semanal da Oricon.

RE: BLACKPINK (Repackage) (2018)

Em março de 2018, o miniálbum japonês foi relançado, desta vez, contando com três versões: uma edição apenas com o CD, uma contando com CD e DVD e uma versão *Playbutton*[1]. O álbum traz o mesmo conteúdo do lançamento original, porém, conta com a adição de performances do *showcase* de *debut*, incluindo uma entrevista especial com cada uma das garotas do *girl group*, além de gravações dos bastidores da sessão de fotos que o grupo produziu para a capa do álbum.

---

[1] N. da T.: A versão Playbutton é um minidispositivo tocador de música que contém as faixas do álbum.

ÁLBUNS JAPONESES

BLACKPINK IN YOUR AREA (2018)

O trabalho inclui versões japonesas de nove dos singles do grupo — "BOOMBAYAH", "WHISTLE", "Playing With Fire", "Stay", "As If It's Your Last", "DDU-DU DDU-DU", "Forever Young", "Really" e "See U Later" —, debutou na 9ª posição no *chart* Oricon Albums em sua primeira semana, e em 91º na Billboard japonesa de Top Download Albums, onde permaneceu por duas semanas até chegar à 77ª posição, na terceira semana. O álbum também debutou em 12º lugar no *chart* Hot Albums da Billboard japonesa, e se estabeleceu na 9ª posição no *chart* de álbuns mais vendidos.

ÁLBUNS AO VIVO

BLACKPINK ARENA TOUR 2018 "SPECIAL FINAL IN KYOCERA DOME OSAKA" (2019)

O primeiro álbum ao vivo mostra a visita do BLACKPINK ao Japão: oito shows que reuniram, aproximadamente, 125 mil pessoas. Entre as músicas estão a colaboração com Dua Lipa em "Kiss and Make Up" e

até mesmo um mashup contendo "Let it be" dos Beatles com outras duas canções covers, "You & I", da Park Bom (do 2NE1) e "Only look at me", de Taeyang (do BIGBANG).

BLACKPINK 2018 TOUR 'IN YOUR AREA' SEOUL (2019)
O segundo álbum ao vivo prova aos Blinks mais uma vez a perfeição do BLACKPINK. Neste álbum, a versão reggae da faixa "Really" aborda mais uma das faces multitalentosas do grupo, além disso, os remixes de "Stay", "WHISTLE" e "DDU-DU DDU-DU" também contribuem na hora de consolidar uma batida agitada e dançante.

OUTROS LANÇAMENTOS

So Hot (THEBLACKLABEL Remix) (2017)
Versão remixada da música do *girl group* sul-coreano Wonder Girls. O BLACKPINK apresentou essa versão ao vivo no festival de música SBS Gayo Daejun de 2017, antes de lançar a faixa no SoundCloud e no YouTube. A performance acumulou mais de 20 milhões de visualizações no YouTube, o maior número entre todas as apresentadas no festival, e ganhou a 3ª posição na categoria Melhores Performances ao Vivo do evento.

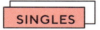

SINGLES

WHISTLE (2016)
Uma combinação de hip-hop minimalista com uma composição pop, a canção foi descrita por Jeff Benjamin, colunista de K-Pop da Billboard, como "algo que une um cantarolar emotivo e a pegada hip-hop jovem do grupo com um ritmo de drum'n'bass minimalista e um gancho incontestável", a música é descontraída e enigmática. O

recurso do assobio sugere tanto um cumprimento amoroso como o ritmo das batidas de um coração. O *music video* acumulou quase 10 milhões de visualizações em apenas cinco dias quando foi lançado no YouTube, e estabeleceu toda a força da performance do BLACKPINK: além da coreografia fisicamente desafiadora, Jennie e Lisa provam sua habilidade com o rap, e Rosé e Jisoo demonstram vocais incríveis.

BOOMBAYAH (2016)

No instante em que Jennie diz "BLACKPINK in your area" ficou claro que essa faixa se tornaria um clássico. Acompanhadas de um baixo reverberante e sirenes estrondosas, as garotas entregam uma faixa eletro-pop veloz e poderosa. O *MV* foi dirigido por Seo Hyun-seung, cujo currículo inclui produções como "I Am the Best", do 2NE1, e "Fantastic Baby", do BIGBANG. A produção de moda do vídeo, bem urbana e focada no estilo street, traduz o conceito de "é bom ser má". Como diz o rap de Lisa no primeiro verso, "I'm so hot I need a fan, I don't want a boy, I need a man" — "Sou tão quente que preciso de um ventilador, não quero um menino, eu preciso de um homem".

Playing with Fire (2016)

A batida dançante dessa faixa inova a tradicional baladinha de amor; a letra, significativa e crua, explora sentimentos de amor e decepção. Jennie admite que teve que recorrer à ficção para se conectar com os versos: segundo ela, "a música retrata o amor como um ato de brincar com fogo, mas eu nunca tive uma experiência do tipo, então tive que investir em filmes para entender melhor esse tipo de sentimento de amor". Jisoo adiciona: "Todas nós só tivemos experiências indiretas com o assunto".

Stay (2016)

Essa canção é uma rara balada, apresentada com um rap mais sutil de Jennie e Lisa, acompanhando as melodias acústicas de Jisoo e

Rosé. O *music video* tem um tom mais sério e sombrio, com o grupo interpretando a dor de se apaixonar e a decepção de ver uma pessoa amada ir embora. No final do *MV*, as garotas lançam sinalizadores coloridos, simbolizando a esperança de que seus amados enxerguem as luzes e encontrem o caminho de volta.

As If It's Your Last (2017)

Esta foi a primeira e única faixa original lançada pelas garotas no ano de 2017, mas ela não decepcionou: era a música mais alegre e vibrante do grupo até o momento. Jisoo comentou que, até então, elas haviam explorado apenas seu lado 'BLACK', enquanto esse single experimentava com o lado 'PINK' do grupo. A canção tem uma melodia enérgica, inspirada em *moombahton* — gênero que mistura *house music* com *reggaeton* — e versos arrebatadores. O *music video* mostra as garotas vestidas em *looks* ousados e dançando cheias de charme em frente a um cenário amarelo vivo. "As If It's Your Last" aparece em *Liga da Justiça*, filme do universo estendido DC.

DDU-DU DDU-DU (2018)

Hino recordista! Este single é a junção da honestidade dos versos de rap bruscos com o dinamismo de batidas de trap. A faixa revigorou a sonoridade do gênero, e a combinação de rap, elementos do trap e passos de dança poderosos deixou um recado para o mundo: o BLACKPINK chegou. O *music video* exala confiança e poder feminino no instante em que Jennie surge sentada em um trono sobre um tabuleiro de xadrez gigante. Em seguida, aparece Lisa, empunhando um martelo cor-de-rosa em frente a pilhas de dinheiro se acumulando. Rosé está fora de alcance, se balançando em um candelabro, e Jisoo, por fim, faz justiça à imagem fashionista arrasando com uma peruca cor-de-rosa. As garotas não focaram em sucesso nos *charts* quando fizeram "DDU-DU DDU-DU" — como disse Jennie: "Nós nos preocupamos que os fãs pudessem não gostar do nosso conceito novo, mais forte. Mas, agora, estamos com coragem para tentar mais novidades da próxima vez".

Kill This Love (2019)

Arrasador nos *charts*, este single causou impacto ao trazer não só uma mensagem inspiradora como também um toque contagiante ao envolver letra e música. Nas palavras de Rosé: "O título fala por si só. É uma canção muito empoderadora". A música fala sobre exterminar um amor tóxico — aquele que machuca e te faz fraco e vulnerável. Como cantam as garotas: "enquanto me forço a cobrir meus olhos, preciso trazer um fim a esse amor". A intenção é mostrar aos Blinks que o amor pode, na verdade, ser encontrado dentro de cada um. Elas encorajam os fãs a procurarem um amor que os faça sentir confiantes e confortáveis. O *music video* da faixa quebrou o recorde do YouTube de maior número de visualizações nas primeiras 24 horas do lançamento — foram 56,7 milhões, que continuaram a crescer.

///
PERGUNTA RÁPIDA

Qual *music video* do BLACKPINK ganhou mais de 11 milhões de visualizações no YouTube apenas 17 horas depois de seu lançamento, se tornando o *MV* de um grupo de K-Pop a ultrapassar mais rápido a marca de 10 milhões de visualizações?

GANHANDO
O MUNDO

O BLACKPINK VEM QUEBRANDO LIMITES, BARREIRAS CULTURAIS E FAZENDO HISTÓRIA DESDE QUE CHEGOU NO CENÁRIO MUSICAL.

DEBUT NOS ESTADOS UNIDOS

Em fevereiro de 2019, o BLACKPINK fez seu *debut* nos Estados Unidos no fim de semana do Grammy, em uma festa particular da Universal Music Group. Inúmeras celebridades e executivos da indústria musical compareceram ao evento e assistiram às garotas apresentarem o hit "DDU-DU DDU-DU" e "Forever Young", lado a lado com artistas indicados ao Grammy, como Post Malone, J Balvin e Ella Mai. Foi um momento histórico para o grupo.

Mais tarde, naquele mesmo mês, o grupo se apresentou no *The Late Show*, do apresentador Stephen Colbert. O programa contou com uma aparição surpresa de Bradley Cooper, e o BLACKPINK foi responsável pelo encerramento do programa, com uma performance de "DDU-DU DDU-DU". Colbert até tirou uma *selfie* nos bastidores com as garotas. As agitações do mês de fevereiro de 2019 continuaram e o grupo fez uma participação no programa *Good Morning America*. Já em abril, o grupo se apresentou no *The Late Late Show*, apresentado por James Corden. A conta do programa no *Twitter*, aliás, foi transformada em uma *stan account* por um dia.

FAZENDO HISTÓRIA

As meninas deixaram mais um marco na história da música ao se tornarem o primeiro *girl group* de K-Pop a participar do Coachella, um festival anual que acontece na Califórnia e uma das referências quando o assunto é música. Mais de 250 mil espectadores estavam presentes, incluindo celebridades de primeira linha e músicos famosos do mundo todo. Jisoo, Jennie, Rosé e Lisa apresentaram treze músicas usando vestidos brilhantes e conjuntos que cintilavam sob as luzes multicoloridas enquanto mostravam todo o talento delas. A produção foi impressionante: o palco contava com vários telões e as garotas fizeram bom uso das instalações, trazendo projeções com efeitos visuais incríveis e também exibindo as letras de algumas das músicas, para incentivar a plateia a participar cantando junto. Chegar ao Coachella mostra que o BLACKPINK não está apenas "na área" como também é a "revolução". A abertura com "DDU-DU DDU-DU", seguida por "Forever Young", deixa bem claro que elas vieram para ficar. A energia e a entrega no palco fazem com que não apenas elas se emocionem ao pisarem em seu primeiro Coachella, como também emociona ao público que não as poupa de gritos (mas todos de muita alegria!). E a emoção fica clara na faixa "Stay", que soa como trocas de olhares inocentes entre as garotas e a plateia. Do começo ao fim, a apresentação causa arrepios aos Blinks, não há como negar. Quando a apresentação chega ao fim com "As If It's Your Last", é quase como ver o nascimento de uma nova era do BLACKPINK.

As garotas tinham consciência da importância dessa performance, tanto para elas mesmas como para a indústria do K-Pop. Durante a apresentação, Rosé fez um comentário sobre os contrastes culturais entre os Estados Unidos e a Coreia do Sul.

"TENDO VINDO DE TÃO LONGE, DA COREIA DO SUL, NÃO SABÍAMOS O QUE ESPERAR [...] SOMOS DE MUNDOS COMPLETAMENTE DIFERENTES, MAS, ESTA NOITE, ACHO QUE A MÚSICA NOS FAZ SER UM SÓ."
— ROSÉ, 2019

///
PERGUNTA RÁPIDA

Qual música abriu a apresentação do BLACKPINK no Coachella?

Os Blinks amaram cada segundo da apresentação das meninas, que foi transmitida ao vivo em um enorme telão na Times Square, em Nova York. E o show não foi aclamado só pelos fãs: um colunista da NME (revista musical britânica) escreveu uma análise cheia de elogios, afirmando que a estreia histórica do BLACKPINK no Coachella tinha sido excelente.

"Com o Coachella devidamente conquistado, no caso do BLACKPINK, acho que estaremos vendo bastante essas garotas daqui para frente e, com base nessa apresentação, não vai ser surpresa se o grupo estiver liderando o festival em alguns anos."
— NME, 2019

Ver essas artistas mulheres causando impacto e ganhando o reconhecimento que mereciam internacionalmente foi uma surpresa revigorante.

COLABORAÇÕES

Em 2019, o BLACKPINK se uniu à cantora e compositora inglesa Dua Lipa para criar a música "Kiss and Make Up". A faixa inicialmente seria parte do primeiro álbum de Dua, mas a cantora queria que fosse uma colaboração e estava tendo dificuldades para encontrar o artista certo para a missão. Quando conheceu as meninas em um show, surgiu a ideia da parceria entre elas.

"DA ÚLTIMA VEZ QUE ESTIVE EM SINGAPURA, TAMBÉM FUI PARA SEUL. JENNIE E LISA, DO BLACKPINK, ESTAVAM NO SHOW E EU AS CONHECI, NÓS PASSAMOS UM TEMPO JUNTAS E NOS DEMOS MUITO BEM. PENSEI QUE DEVIA MANDAR A MÚSICA PARA O BLACKPINK E VER SE ELAS GOSTARIAM DE PARTICIPAR."
— DUA LIPA, 2019

A junção perfeita de vozes e a batida dançante fez com que "Kiss and Make Up" alcançasse o número um no iTunes de diversos países, sendo assim, a música ajudou o grupo a alcançar novas audiências ao redor do mundo e acumulou mais de 230 milhões de *streams* no

Spotify. Sua estreia chegou à 36ª posição no *chart* de singles do Reino Unido — mais um recorde para o BLACKPINK, que foi o primeiro *girl group* de K-Pop a entrar para o top 40 da lista.

As garotas deixaram bem claro como ficaram gratas por Dua Lipa ter entrado em contato com o grupo e oferecido a oportunidade de trabalharem juntas. Elas já declararam também que sonham em fazer colaborações no futuro com a cantora Billie Eilish e também com o rapper Tyga.

SELO DE APROVAÇÃO

Apenas três semanas depois do *debut* do grupo, no ano de 2016, o BLACKPINK foi premiado com o segundo lugar no quesito "reputação de marca", com base em um estudo do Instituto Coreano de Reputação Corporativa, ficando atrás apenas do EXO. O chefe do laboratório de pesquisa declarou que um resultado do tipo era algo inédito.

Desde então, as garotas têm firmado seu status como um dos grupos de K-Pop mais requisitados quando o assunto é dar endosso a outras marcas. Em maio de 2017, elas se tornaram oficialmente embaixadoras da Incheon Main Customs, empresa que oferece serviços alfandegários e, no decorrer dos últimos anos, representaram e firmaram parcerias com inúmeras marcas de primeira linha, incluindo Puma, Rebook, Louis Vuitton, Dior Cosmetics, Adidas e Sprite Korea.

Em novembro de 2018, as garotas do BLACKPINK passaram a ser embaixadoras regionais da Shopee, uma plataforma de e-commerce de Singapura, como parte da parceria da marca com a YG Entertainment em sete países diferentes: Indonésia, Singapura, Malásia, Filipinas, Tailândia, Vietnã e Taiwan.

ROSÉ, A GAROTA TALENTOSA

Nome: Park Chae-young
Também conhecida como: Rosé, Rosie, Pasta
Data de nascimento: 11 de fevereiro de 1997
Signo: Aquário
Local de nascimento: Auckland, Nova Zelândia
Altura: 1,68cm
Educação: Canterbury Girls Secondary College, Austrália
Idiomas: coreano, japonês, inglês
Início da carreira: começou como *trainee* da YG Entertainment em 2012
Entrou para o BLACKPINK: em 22 de junho de 2016, sendo a última a ser revelada

NA INFÂNCIA

Roseanne Park, mais conhecida como Rosé, nasceu em Auckland, na Nova Zelândia. Contudo, sua família se mudou para a Austrália quando Rosé tinha sete anos de idade, então ela estudou em Melbourne e frequentou a escola feminina Canterbury Girls' Secondary College.

"ENQUANTO ESTAVA NA AUSTRÁLIA, EU NÃO ACHAVA QUE TERIA MUITA CHANCE DE ME TORNAR CANTORA, ESPECIALMENTE DE CONSEGUIR SER UMA ESTRELA DO K-POP... ESTAVA MORANDO TÃO LONGE DA COREIA DO SUL QUE NEM CONSIDERAVA A POSSIBILIDADE."

Rosé tem uma irmã, Alice, que é quatro anos mais velha, e é a cara da colega de grupo, Jisoo! Alice, assim como o pai das garotas, é advogada, enquanto a mãe delas é empresária. Rosé é muito próxima da família, especialmente da mãe — quando a *idol* participou do programa *King of Mask Singer*, uma competição de canto da Coreia do Sul, foi a ela que Rosé dedicou sua performance, dizendo que daria muito orgulho à mãe.

Rosé desenvolveu a paixão pelo canto muito nova, depois de começar a participar do coral de sua igreja. Ela praticou durante toda a infância, mas sempre enxergou a música como um hobby, e não como uma carreira em si.

O INÍCIO DA CARREIRA

Em 2012, Rosé descobriu que a YG Entertainment estava abrindo audições em Sydney e pegou um voo até lá para participar. Foi seu pai quem sugeriu que Rosé fizesse a audição e, no início, ela achou que era brincadeira.

Mas o resultado foi positivo: Rosé ficou em primeiro lugar e foi contratada como *trainee* pela YG na mesma hora. Isso significava que ela precisaria trancar a faculdade na Austrália e se mudar para Seul. Rosé dedicou quatro anos ao treinamento até se tornar uma estrela do K-Pop, e ela conta que o período foi um dos mais desafiadores e revolucionários de sua vida. Assim como todos os outros *trainees*, Rosé estava o tempo todo provando seu valor para Yang Hyun-suk, o dono da empresa.

> "FOI O MEU PAI QUEM PERCEBEU O MEU AMOR PELA MÚSICA E ME INCENTIVOU A FAZER A AUDIÇÃO. ANTES DISSO, EU GOSTAVA DE MÚSICA COMO HOBBY, MAS, CONFORME FUI ENTENDENDO O MEU TALENTO, MINHA PAIXÃO CRESCEU."

No fim de cada mês, ela participava de provas nas quais os *trainees* criavam performances solo e em grupo de canto e dança. Mas todo o esforço de Rosé foi recompensado quando ela foi finalmente anunciada como vocalista principal e dançarina líder do BLACKPINK. Mesmo tendo sido a última a ser revelada, com certeza, esperar valeu a pena.

LÍDER DA MATILHA

Na época em que morou na Austrália, Rosé foi líder de torcida na escola — não é de se surpreender que ela tenha virado a dançarina líder do BLACKPINK. Sua habilidade de dança a destaca das outras meninas no palco, e o vocal não fica atrás: Rosé é capaz de atingir as notas altas necessárias para o papel de vocalista principal.

GAROTA DA CIDADE

Apesar de ser coreana, Rosé passou tanto tempo da infância morando em Melbourne que considera a Austrália como sua verdadeira terra natal. Como não achava que conseguiria alcançar o estrelato no K-Pop vivendo no ocidente, atualmente, tem como objetivo inspirar outras pessoas.

ROSÉ
ROSÉ
ROSÉ
ROSÉ
ROSÉ
ROSÉ

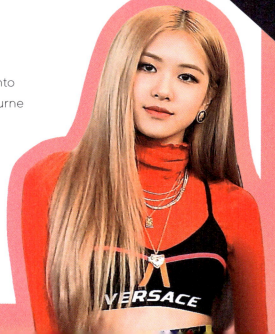

"EU SONHO EM UM DIA PODER VOLTAR PARA MINHA CIDADE NATAL E ME APRESENTAR PARA TODOS."

Os sonhos de Rosé finalmente se tornaram realidade quando, durante a turnê mundial *In Your Area*, o BLACKPINK fez duas apresentações em solo australiano, passando por Melbourne e Sydney. Em junho de 2019, Rosé foi recebida em casa por enormes multidões de fãs australianos.

VOCÊ SABIA?
Ariana Grande enviou como presente para Rosé um frasco de seu perfume "7 Rings". Rosé postou no Instagram: "Obrigada, Ariana Grande. Esse é o perfume mais fofinho do planeta".

DEZ FATOS SOBRE ROSÉ

Rosé ama cozinhar e já disse uma vez que seus olhos se enchem de lágrimas quando come alguma coisa muito boa.

Em 2014, Rosé dividiu sua "lista de coisas para fazer antes de morrer" com os fãs: um dos itens era dançar com o pai em seu casamento.

Rosé detesta jokbal, um prato típico coreano feito com pata de porco.

A garota acredita nos poderes curativos da música: "Eu pesquiso por músicas que gosto ou entrevistas de artistas que gosto no YouTube. Esses vídeos têm efeito terapêutico para mim".

Rosé tem um talento especial — ela consegue falar com a boca fechada.

Seus hobbies incluem desenhar, tocar violão e andar de bicicleta.

O sabor de pizza favorito de Rosé é abacaxi.

Adora assistir a filmes, mas só os que têm final feliz.

Ela tem um peixe-papagaio chamado Joo-hwang, que significa "laranja" em coreano.

Rosé é cristã e frequenta a igreja regularmente.

PALAVRAS SONHADORAS DA ROSÉ
"É um privilégio enorme poder ter um sonho."

"Lute com gosto pelo seu sonho, não há nada melhor do que isso."

"Vou praticar sempre mais e me tornar uma cantora incrível."

O QUE AS MENINAS TÊM A DIZER SOBRE ROSÉ?
Misteriosa e dona de um senso de humor único, ela está sempre rindo, mesmo tendo aparentado ser tímida no início.

JENNIE: "A Rosé é tão linda quando canta e toca violão ao mesmo tempo. Você nunca vai achar uma voz tão encantadora na Coreia".

LISA: "A Rosé tem a mesma idade que eu, e ela é a minha melhor amiga! Quando estou com ela, posso falar sobre os meus problemas, e uma grande parte de quem eu sou é por causa dela".

BASTIDORES DO BLACKPINK

É INEGÁVEL QUE TODO GRUPO DE K-POP PROCURA CONSTRUIR UMA RELAÇÃO COM SEUS FÃS E COM O BLACKPINK NÃO É DIFERENTE. ALGUMAS SÉRIES DE VÍDEOS NO CANAL OFICIAL DO GRUPO PROVAM ISSO.

BLACKPINK DIARIES

São vídeos de dez minutos que geralmente cobrem os bastidores e as preparações que acontecem antes e depois dos shows. As gravações são bastante pessoais, cheias de conversas informais e quase sempre filmadas com câmeras de mão, o que deixa o clima ainda mais acessível. Todos os episódios são legendados e trazem descrições e comentários explicativos para os Blinks novatos.

Os vídeos permitem que os fãs viajem junto com o grupo pelas turnês, mostrando as garotas em ensaios, tocando os instrumentos, se apresentando no palco e interagindo com os Blinks ao redor do mundo. Eles também mostram ensaios do *power dance* do grupo, que é a coreografia especial que as meninas fazem em apresentações antes de começarem as músicas.

ONDE ENCONTRAR?
A playlist BLACKPINK DIARIES fica no canal oficial do grupo no YouTube.

As garotas fazem as gravações tanto em grupo como individualmente, permitindo que os Blinks as conheçam melhor e também a amizade que elas têm entre si. Nos episódios, é possível ver como a confiança do grupo evolui, tanto nas performances como na frente das câmeras.

BLACKPINK HOUSE

Os episódios da série têm duração de quinze minutos cada e mostram aos fãs a casa onde as garotas costumavam morar juntas. Os episódios registraram o grupo em várias atividades — de lavando roupa e fazendo faxina até viajando pelo mundo.

ONDE ENCONTRAR?
A série foi ao ar no canal de televisão sul-coreano JTBC, e também pode ser assistida on-line, no YouTube pela playlist BLACKPINK HOUSE ou no VLIVE.

No decorrer dos episódios, podemos ver como a casa dá mais liberdade às garotas e oferece o espaço ideal para que elas passem um tempo na companhia uma da outra. Assistir ao grupo cozinhando

e depois sentando junto à mesa para conversar sobre como estão se sentindo mostra aos fãs como elas são unidas — amigas antes, colegas de grupo depois.

STAR ROAD

O *Star Road* é um programa que dá às celebridades sul-coreanas a chance de mostrar um lado de suas personalidades diferente daquele que aparece nos palcos. Em geral, os episódios consistem em entrevistas casuais, mas eles também podem mostrar gravações ao vivo. Os Blinks ficaram muito animados quando foi anunciado que o BLACKPINK estrelaria vinte e quatro episódios da série: eles têm cerca de cinco minutos de duração e cada um aborda um tema diferente

— desde cantar músicas tristes de término de namoro e participar de jogos até responder algumas perguntas dos fãs. Elas se abrem, se divertem e ainda se conhecem melhor entre si. É exatamente o tipo de conteúdo honesto e autêntico que os Blinks adoram e que os ajudam a se sentir mais conectados com as garotas.

ONDE ENCONTRAR?
Todos os vídeos podem ser encontrados no VLIVE.TV e no aplicativo do VLIVE

LISA, A PRINCESA TAILANDESA

Nome: Lalisa Manoban/ Pranpriya Manoban

Também conhecida como: Lisa, Lalice, Laliz, Pokpak

Data de nascimento: 27 de março de 1997

Signo: Áries

Local de nascimento: Bangkok, Tailândia

Altura: 1,67cm

Educação: Praphamontree II School, Tailândia

Idiomas: coreano, japonês, inglês, tailandês e chinês básico

Início da carreira: se tornou *trainee* pela YG Entertainment em 2010, depois de uma audição na Tailândia

Entrou para o BLACKPINK: foi a segunda a integrar o grupo, revelada em 8 de junho de 2016

NA INFÂNCIA

Lisa, cujo nome de batismo é Panpriya Manoban, nasceu em Bangkok, na Tailândia. Já mais velha, ela trocou legalmente o primeiro nome para Lalisa, que significa "aquela que é louvada": Lisa descobriu isso em uma visita a uma vidente — ela lhe disse que o novo nome traria sorte para a garota.

"LISA TEM APRENDIDO VÁRIOS TIPOS DE DANÇA. ELA PARTICIPOU DE UMA COMPETIÇÃO DE DANÇA NA TAILÂNDIA, *TO BE NUMBER ONE*, E DO LG ENTERTAINER, COMO PARTE DO TIME *WE ZAA COOL*."
— HALLYU K STAR, 2016

Lisa é neta do famoso chef suíço Marco Bruschweiler, responsável por uma renomada escola de culinária tailandesa, o que explica a *idol* ser tão interessada em assuntos gastronômicos. Quando criança, Lisa frequentou a escola Praphamontree II e amava dançar e cantar rap, além disso, ela e BAMBAM, do GOT7, são amigos de infância e faziam parte do mesmo grupo de dança antes de irem para a Coreia.

Ela tem uma irmã mais velha que, em uma entrevista ao *Hallyu K Star*, noticiário de K-Pop, contou que Lisa já participava de competições de dança desde muito nova. Inclusive, a primeira vez em que Lisa deu as caras foi em 2012, quando a YG postou um vídeo intitulado "Who's That Girl???", no qual uma garota aparece muito segura de seus passos de dança.

"LISA É MUITO ALEGRE, AMIGÁVEL, DIVERTIDA, E SEMPRE TEM MUITO RESPEITO PELOS MAIS VELHOS. ELA TEM BRAÇOS E PERNAS ALONGADOS ENTÃO FICA BEM COM QUALQUER ROUPA."
— HALLYU K STAR, 2016

O INÍCIO DA CARREIRA

Lisa ainda era adolescente quando fez a audição que garantiria seu posto de *trainee* na YG Entertainment. Em 2011, a YG organizou pela primeira vez uma competição sediada na Tailândia e a garota inscreveu um vídeo de si mesma dançando. O teste foi bem cansativo, e a irmã de Lisa também contou sobre toda a energia — tanto física como mental — que ela precisou dedicar.

Lisa ficou em êxtase quando conseguiu o primeiro lugar na competição e recebeu a oferta de Yang Hyun-suk para se tornar *trainee*, e a conquista se tornou ainda mais especial quando ela descobriu que havia sido a única candidata da Tailândia aceita em 2011. Alguns meses mais tarde, Lisa se mudou para a Coreia do Sul para dar início ao seu treinamento formal: ela treinou por cinco anos antes de fazer seu *debut* e, apesar de ser a *maknae*, seu compromisso e seriedade com a carreira são muito claros. Em 2016, Lisa finalmente entrou para o BLACKPINK no papel de dançarina principal e rapper líder. Ela foi a segunda do grupo a ser anunciada — e a primeira artista não-coreana representada pela YG.

PRINCESA TAILANDESA

Na Tailândia, Lisa é conhecida como a 'princesa tailandesa' pelos Blinks, e ela virou a embaixadora não-oficial da cultura tailandesa do grupo. Jennie sempre diz que Lisa conhece os melhores lugares para encontrar comida tailandesa autêntica.

COMPANHIA PERFEITA

Lisa adora a companhia dos felinos, especialmente de seu fofíssimo, Leo. Ela comemorou o aniversário dele em fevereiro de 2019 postando um cartão para o bichinho no Instagram. "Depois que acabo as obrigações do dia, volto para o dormitório, encontro meu gato esperando por mim e fico feliz."

"O BLACKPINK NÃO EXISTE SE NÃO ESTIVERMOS EM QUATRO."

LISA
LISA
LISA
LISA
LISA
LISA

DEZ FATOS SOBRE LISA

Fluente em quatro idiomas — ela sabe falar coreano, inglês e japonês, além de seu tailandês nativo.

Ela detesta pessoas rudes e sempre se esforça para ser gentil com todos.

As flores favoritas de Lisa são rosas cor-de-rosa.

Lisa está sempre comendo lanchinhos no quarto. Ela admite que é preguiçosa demais para ficar indo até a cozinha para buscar comida, e por isso tem um frigobar no quarto!

VOCÊ SABIA?
Em uma transmissão do VLIVE em 2017, as meninas revelaram que o apelido de Lisa é Lali Con Artist (algo como "Lali Vigarista"), porque ela está sempre roubando em jogos de tabuleiro.

Se pudesse ser qualquer princesa da Disney, ela escolheria ser a Rapunzel.

Em 2019, Lisa foi anunciada como musa de Hedi Slimane, o atual diretor artístico da marca de luxo francesa Céline.

Lisa sonha em um dia abrir um restaurante tailandês na Coreia do Sul e fica decepcionada pelo fato de as pessoas não terem ideia de como macarrão de arroz tailandês é delicioso.

A garota ama o número 27, porque é a data do aniversário dela.

Se ganhasse um milhão de dólares, Lisa viajaria pelo mundo todo.

Lisa foi a primeira *idol* feminina do K-Pop a atingir a marca de 2 milhões de likes em um post em uma rede social em apenas 48 horas.

PALAVRAS DE SABEDORIA DA LISA

"Viva a vida e se divirta."

"Seja você mesma e tenha confiança, mostre a eles todos os seus encantos."

"Quando estou nervosa, crio coragem dizendo para mim mesma: estou bem, eu consigo."

O QUE AS MENINAS TÊM A DIZER SOBRE LISA?

Lisa é sempre descrita como o "antidepressivo" do grupo, por ser divertida e brincalhona. Ela faz as melhores expressões fofinhas.

JISOO: "A Lisa costuma acordar e comer chocolate e salgadinhos na cama, depois volta a dormir".

ROSÉ: "Lisa é tão linda que, às vezes, fico preocupada de ficar sendo comparada com ela se estiver por perto. A personalidade dela é ótima – ela é meio rebelde, mas também é muito esperta".

LINHA DO TEMPO

2010 - 2012

♥ **Agosto de 2010:** Jennie assina contrato como *trainee* com a YG.

♥ **Abril de 2011:** Lisa assina contrato como *trainee* com a YG depois de arrasar nas audições. Ela se torna a primeira artista não coreana a ser contratada pela empresa.

♥ **Julho de 2011:** Jisoo assina contrato como *trainee* depois de ser notada por um agente em um show da YG Entertainment.

♥ **Maio de 2012:** foi a vez de Rosé assinar contrato como *trainee* com a YG.

2016

♥ **29 de junho:** a YG Entertainment revela a lista de membros e o nome de seu novo grupo: BLACKPINK.

♥ **8 de agosto:** o *debut* acontece com o lançamento de *Square One*. Suas duas faixas entram para os *charts* em primeiro e segundo lugar da lista da

Billboard de World Digital Songs. O BLACKPINK é o grupo mais rápido a alcançar essa conquista e o terceiro grupo ou artista solo coreano a conquistar as duas primeiras posições.

♥ **14 de agosto:** a primeira performance do BLACKPINK é transmitida no programa *Inkigayo*, da emissora SBS. Elas quebram o recorde de *girl group* mais rápido a vencer um programa musical, apenas 13 dias depois de seu *debut*.

♥ **1° de novembro:** lançamento do *Square Two*, com as faixas "Playing with Fire" e "Stay". "Playing with Fire" se torna o segundo single do grupo a chegar ao primeiro lugar no World Digital Songs Chart, da Billboard.

2017

♥ **17 de janeiro:** o BLACKPINK nomeia oficialmente seus fãs como 'Blinks', uma junção das primeiras e últimas letras de 'black' e 'pink'.

♥ **5 de maio:** as meninas do BLACKPINK se tornam embaixadoras do Incheon Main Customs na Coreia do Sul.

♥ **22 de junho:** o BLACKPINK lança o single digital "As If It's Your Last", que estreou no primeiro lugar no *chart* World Digital Songs em apenas um dia, fazendo deste o terceiro *hit* do grupo a alcançar a primeira posição na lista. O *music video* quebrou o recorde de maior número de likes recebido no YouTube por um *girl group*.

♥ **20 de novembro:** o grupo faz um *showcase* no Nippon Budokan, na cidade de Tóquio, no Japão. A apresentação foi assistida por mais de 14 mil pessoas e, de acordo com informações divulgadas, cerca de 200 mil tentaram conseguir ingressos para ver as garotas.

2018

♥ **15 de junho:** Laçamento de Square Up. "DDU-DU DDU-DU" debuta na 17ª posição no Official Trending Chart no Reino Unido, sendo o primeiro *girl group* de K-Pop a entrar para essa lista desde o seu lançamento em 2016.

♥ **21 de junho:** "DDU-DU DDU-DU" continua sua ascensão. O single se torna o *hit* com as mais altas posições no Hot 100 de um grupo de K-Pop inteiramente feminino, começando na 55ª posição com 12,4 milhões de *streams* nos Estados Unidos, além de 7 mil downloads.

♥ **28 de julho:** primeiro lugar na categoria "reputação de marca", com base em uma análise do Instituto Coreano de Reputação Corporativa.

♥ **19 de outubro:** o grupo faz uma colaboração com a cantora inglesa Dua Lipa na faixa "Kiss and Make Up". A música chega à 36ª posição no *chart* de singles do Reino Unido, marcando a primeira vez do BLACKPINK no Top 40 da lista. A conquista faz delas o primeiro *girl group* de K-Pop e as terceiras artistas de K-Pop no geral a entrar para o Top 40.

2019

♥ **21 de janeiro:** "DDU-DU DDU-DU" se torna o *MV* de K-Pop mais assistido do YouTube, com 620,9 milhões de visualizações.

♥ **9 de fevereiro:** acontece o *debut* nos Estados Unidos em um evento da Universal Music Group.

♥ **28 de fevereiro:** o grupo é o primeiro *girl group* a embelezar a capa da revista Billboard.

♥ **5 de abril:** lançamento de *Kill This Love*. O single "Kill This Love" chega ao segundo lugar na Coreia do Sul e se torna a faixa de um *girl group* sul-coreano com melhor desempenho nos *charts* dos Estados Unidos. Foi o *music ideo* que alcançou 400 milhões de visualizações mais rápido entre os grupos de K-Pop — atualmente, ele acumula mais de

772 milhões de visualizações no YouTube. A música também apareceu no jogo *Just Dance 2020* e no filme *Para todos os garotos: P.S. ainda amo você*.

♥ **12 de abril:** o primeiro *girl group* de K-Pop a se apresentar no Coachella.

> **VOCÊ SABIA?**
> O BLACKPINK teve lugar de honra no Coachella, e o nome do grupo apareceu na segunda linha dos pôsteres de divulgação.

2020

♥ **22 de fevereiro:** o grupo finaliza sua turnê mundial de 2019/2020, *In Your Area*, com uma performance histórica em Fukuoka, no Japão.

A ROTINA DE K-BEAUTY

O SKINCARE COREANO TEM COMO PRINCÍPIO A PRÁTICA DE CAMADAS DE DIFERENTES PRODUTOS PARA NUTRIR A PELE. ESSA ROTINA DE CUIDADOS VIROU FEBRE E O BLACKPINK NÃO ESTÁ DE FORA DESSA MODA.

Jisoo, Jennie, Rosé e Lisa colocam em prática uma série de oito passos de cuidados com a pele pela manhã, e uma outra de dez etapas à noite: tudo isso buscando manter a pele cada dia mais saudável e bonita. Cada passo desempenha seu próprio papel essencial para que o resultado seja uma pele brilhante e saudável.

ROTINA DA MANHÃ DO BLACKPINK

Passo 1: Água

A primeira coisa a se fazer pela manhã é limpar a pele com água. A água remove as impurezas que se instalaram na pele durante a noite.

Passo 2: Tonificante

A hidratação é a chave para uma pele radiante e sem defeitos, então, o tonificante ajuda. Sem ele, a pele pode ficar seca e desidratada. O tonificante com formulação hidratante também é usado para balancear os níveis de pH da pele.

Passo 3: Essência

É um meio-termo entre o tonificante e o sérum. Ela é ótima para hidratar a pele e garantir uma aparência sempre jovem.

Passo 4: Ampolas

São séruns superpoderosos com uma concentração maior de ingredientes ativos. Elas são perfeitas para momentos de crise — a ampola garante o impulso para que a pele se recupere.

Passo 5: Sérum

O poder do sérum é focado em problemas específicos de cada tipo de pele, como, por exemplo, desidratação ou aparência de cansaço.

Passo 6: Creme para os olhos

Esse tipo de creme é aplicado para proteger e hidratar a área delicada dos olhos. Ele também ajuda a reduzir o inchaço causado por uma noite em claro.

Passo 7: Hidratante

Um hidratante com propriedades calmantes é utilizado em uma camada fina sobre a pele, para uma hidratação duradoura.

Passo 8: Filtro solar

O filtro solar protege a pele contra os raios UV, que causam o surgimento de rugas e manchas escuras.

ROTINA DA NOITE DO BLACKPINK

As garotas deixam que cada produto seja absorvido com calma entre cada etapa e têm muito carinho e delicadeza com a pele. Elas entendem a importância de escolher produtos com ingredientes que funcionam bem em seus próprios tipos de pele — como o tipo de cada uma delas é diferente, elas usam uma variedade grande de produtos, respeitando a especificidade que a pele de cada uma necessita.

Passo 1: Limpeza à base de óleo

Um óleo de limpeza (cleaning oil) é aplicado para remover o acúmulo de sujeira e a maquiagem do rosto.

Passo 2: Limpeza dupla

Um sabonete à base d'água é usado para remover delicadamente os resíduos do óleo e outras impurezas do dia.

Passo 3: Esfoliante

Um esfoliante enzimático remove as células de pele morta. As garotas só fazem essa etapa duas vezes por semana: esfoliar em excesso pode machucar a pele.

Passo 4: Tonificante

A tonificação também se repete à noite. Esse passo cria uma base para a camada de hidratação, preparando a pele para as próximas etapas do processo.

Passo 5: Essência

Usada após o tonificante, ela adiciona ainda mais uma camada de hidratação, antes da aplicação do sérum.

Passo 6: Ampolas

Usadas novamente antes de dormir, trazem firmeza e hidratação para a pele de aparência cansada e a deixa mais radiante.

Passo 7: Sérum

Um sérum facial noturno com propriedades curativas é sinônimo de uma pele cheia de brilho de manhã.

Passo 8: Máscaras faciais

As meninas usam máscaras antes de dormir para manter a pele hidratada e macia.

Passo 9: Creme para os olhos

O creme é aplicado mais uma vez para dar continuidade à proteção e hidratação da área delicada dos olhos. Ele também vai ajudar a eliminar olheiras.

Passo 10: Hidratante

A noite é um período essencial para a renovação da pele: a aplicação de um hidratante antes de dormir garante uma pele mais macia e saudável no dia seguinte.

CABELOS DO BLACKPINK

O loiro de Jennie

Em 2019, Jennie decidiu aparecer de cara totalmente nova para os fãs. Ela trocou as madeixas morenas por uma nova tonalidade — um loiro Barbie —, exibido pela primeira vez no *teaser* de "Kill This Love". Foi uma mudança significativa para Jennie, que mantinha seu cabelo escuro, porém, ao que tudo indica, essa transformação radical não passava de uma peruca. Ela já tinha feito testes com extensões roxas e luzes mais claras.

As metamorfoses de Lisa

O corte de cabelo de Lisa não mudou muito desde o *debut* do BLACKPINK, mas, para estar sempre com o look renovado, ela troca frequentemente de cor. Os fios de Lisa foram de castanhos, passando por cor-de-rosa até o amarelo neon, mas um dos looks mais chamativos foi a combinação de azul-pastel com prata na franja. O efeito de *balayage* glacial foi a inspiração perfeita para os meses

invernais. Independentemente de quais cores estão no cabelo de Lisa, elas estão sempre combinando perfeitamente com as roupas.

O look de conto de fadas de Jisoo

Jisoo usou muitas cores escuras e suaves ao longo dos anos — em geral, tons de marrom, preto e vermelho, que se tornaram sua marca registrada. Mas a *idol* fez uma escolha de cor mais ousada em 2017 e pegou os Blinks de surpresa ao tingir o cabelo de roxo. O novo look foi escolhido para promover "As If It's Your Last", e foi a primeira vez que Jisoo usou a cor desde o *debut* do grupo. Muitos Blinks amaram o novo estilo e disseram que a cantora parecia ter saído de um conto de fadas — o que ficou ainda mais aparente quando Jisoo foi vista usando uma tiara de flores.

As lindas tranças de Rosé

Nesse ponto, Rosé é diferente das outras garotas. Enquanto todas estão sempre mudando seus cabelos — com franjas, tranças, *bob cuts* e marias-chiquinhas — Rosé continua firme em sua marca registrada de corte reto e solto, que não deixa de ser um estilo lindo e elegante. No entanto, em 2018, Rosé surpreendeu os Blinks saindo um pouco de seu padrão: quando o BLACKPINK apresentou "Forever Young" no *Show! Music Core*, Rosé entrou no palco com os cabelos presos em uma trança francesa.

IDEIAS DE ESTILISTA

O BLACKPINK trabalha com a mesma estilista, Choi Kyung-won, desde o *debut* do grupo, em 2016. Em uma entrevista para o *WWD* em 2018, Choi falou um pouco sobre o estilo do grupo. Seus planos para as meninas sempre foram ousados — a estilista queria criar um marco em questão de estilo e seu objetivo era que os looks delas fossem o ápice da moda feminina na Coreia do Sul. Também era a ideia da YG Entertainment que as meninas se destacassem entre os outros *girl groups*. Para Choi, o segredo foi compor um estilo que refletisse a personalidade de cada uma, mas que também mantivesse a harmonia do grupo como um todo.

No estilo do Blackpink

Você tem que pensar em luxo — mas com um toque *street*. Criações luxuosas de Alexander McQueen, Balenciaga e Charles Jeffrey Loverboy dificilmente eram usadas por *girl groups* de K-Pop antes, e as meninas usam esse tipo de roupa com naturalidade, como se fossem roupas comuns do dia a dia.

Entre os *idols* do K-Pop, elas foram pioneiras quando o assunto é combinar marcas de luxo com marcas *underground* e, fazendo isso, criaram tendências na Coreia do Sul — de saias colegiais a cintos de diamante. Não é de se surpreender que o BLACKPINK seja descrito como a personificação da moda feminina atual.

/// PERGUNTA RÁPIDA

Qual das garotas usou 22 looks diferentes em um *MV* de três minutos?

....

....

JISOO

Ama cores chamativas e arrasou com uma combinação de verde-pastel e rosa-neon em um post patrocinado pela Adidas, em 2018. A garota adora testar novos acessórios e está sempre com brincos brilhantes, braceletes geométricos e unhas enfeitadas com temas florais. No geral, Jisoo tem um estilo delicado e feminino, e é conhecida como "Miss Coreia" pelos Blinks.

JENNIE

De acordo com a Vogue coreana, devido ao amor por marcas de luxo, Jennie é a "Chanel humana" do grupo. Nada é mais Chanel do que o icônico tweed, que foi exatamente o que Jennie vestiu na apresentação primavera/verão da marca, em 2019. Ela está sempre com sua bolsa Chanel 2.55, entre outras bolsas de mão clássicas.

ROSÉ

Rosé é simples e direta, o que faz dela o ícone fashion mais acessível do grupo. Minimalista por natureza, ela mantém a elegância com looks monocromáticos, cores mais básicas e acessórios discretos. Isso não quer dizer que Rosé tenha medo de usar estampas e florais — esses looks são geralmente guardados para os *music videos* ou para o palco, mas sempre com muita classe.

LISA

O estilo de Lisa é bem excêntrico, mas sempre alinhado com as tendências. Ela está sempre andando em algum tapete vermelho e é nessas ocasiões que a garota combina seu estilo usual com algum acessório bem marcante. Lisa ama a moda *oversized* e adora usar tudo em tamanho grande — de calças jeans e moletons até casacos e tênis.

SUPER QUIZ

É hora de testar os seus conhecimentos neste quiz definitivo. Você sabe tudo sobre o BLACKPINK? Descubra o seu verdadeiro status de fã conferindo as respostas na página 105.

1. Quando as meninas foram entrevistadas por Brooke Reese, da Apple Music, em 2019, quais foram os três artistas citados como os que elas mais gostariam de fazer uma parceria?

....

....

2. Jennie dizia ter um talento especial antes de ser desmascarada. Qual era esse talento?

....

....

3. Quando foi lançado o *Square Two*?

....

4. Qual das garotas se tornou a primeira *idol* feminina do

K-Pop a alcançar 20 milhões de seguidores no Instagram?

....

5. Qual é o Pokémon favorito da Jisoo?

....

6. Qual o signo de Jennie?

....

7. Em qual país aconteceu o primeiro *showcase* do grupo?

....

8. Qual foi a primeira música que o BLACKPINK apresentou no Coachella, em 2019?

....

9. De qual música é o seguinte verso: "Como as chamas que queimam em silêncio, eu espero que você me beije como se fosse a última vez"? E qual das garotas canta esse verso?

....

10. Qual dupla postou uma foto com três das garotas do grupo com a legenda: "Me apaixonei 3 vezes noite passada"?

....

11. Qual das meninas foi pega brincando de equilibrar uma garrafa d'água no ombro durante o Seul Music Awards?

....

12. No *MV* de "BOOMBAYAH", qual das garotas aparece fazendo uma bola de chiclete?

....

13. Em uma entrevista para a Billboard, elas brincaram de "O quanto você conhece suas colegas de grupo?". Qual delas ganhou a votação de quem tira mais *selfies*?

....

14. O que Lisa gosta de fazer em seus dias de folga?

....

15. Qual é a música que Lisa mais gosta de cantar no karaokê?

....

....

16. No *Weekly Idol*, quem Rosé disse que o MC Jeong Hyeong-don a lembrava?

....

17. Qual das garotas sabe falar mais idiomas diferentes?

....

18. Em uma entrevista com Zipper, que palavra Rosé usou para descrever sua própria personalidade?

....

19. Qual delas recebeu um pedido de casamento no palco?

....

20. De qual música é o verso: "Eu sou tão ruim nisso, você não quer me libertar"? E quem canta esse verso?

....

ONDE ACHAR O BLACKPINK

A FORÇA E O PODER DAS QUATRO GAROTAS DE UM DOS MAIORES *GIRL GROUPS* DA ATUALIDADE ESTÃO POR TODAS AS PARTES, INCLUSIVE, NAS REDES SOCIAIS. ESTEJA PREPARADO PARA SEGUI-LAS E NÃO PERDER MAIS NENHUMA NOVIDADE!

WEBSITE

blackpinkofficial.com
O site oficial do grupo, conta com todos os *music videos*, informações sobre turnês, *concept photos* e muito mais.

YOUTUBE

BLACKPINK
O canal tem vários vídeos curtinhos de cenas dos bastidores, além do *reality show* e os *music videos*.

VLIVE

BLACKPINK
Um serviço de streaming de vídeos que as meninas usam para fazer transmissões ao vivo e conversar com os fãs.

FACEBOOK

@BLACKPINKOFFICIAL

Conta oficial para compartilhamento de posts e para que os Blinks estejam sempre conectados com o grupo.

INSTAGRAM

@blackpinkofficial

Usado para divulgação de *concept photos*, vídeos *teaser* e também recadinhos do grupo.

@sooyaa_

Conta oficial da Jisoo.

@jennierubyjane

Conta oficial da Jennie.

@lesyeuxdenini

Conta secundária da Jennie, para fotografia pessoal.

@roses_are_rosie

Conta oficial da Rosé.

@lalalalisa_m

Conta oficial da Lisa.

O FUTURO DO GRUPO

OS ÚLTIMOS ANOS FORAM DE MUITO TRABALHO PARA O BLACKPINK, MAS AS MENINAS ESTÃO SEMPRE PRONTAS PARA MAIS.

"O BLACKPINK está no caminho para se tornar um sucesso mundial", disse John Janick, o presidente e CEO do grupo Universal Music, na época em que a YG Entertainment e a Interscope Records anunciaram sua parceria, em 2018.

"Tanto a música como o visual chamam atenção de imediato e são totalmente diferentes de tudo o que acontece atualmente na música pop. Estamos mais do que animados com essa parceria com a YG para ir atrás de seus planos e fazer com que o BLACKPINK domine o mundo."
— John Janick, 2018

2019 parecia ser o ano mais louco e bem-sucedido para o BLACKPINK até o momento. As garotas lotaram arenas em Londres, Paris e Berlim, dominaram o palco do Coachella, lançaram projetos solo e seguiram batendo recordes ao redor do mundo. Mas, ao que tudo indica, o melhor ainda está por vir com um *comeback* em 2020, isso sem contar os próximos anos. O produtor do grupo, Teddy Park, deu a entender que os fãs podem esperar por muitas aventuras no exterior, como uma parceria no novo álbum de estúdio de Lady Gaga, *Chromatica*.

"Hoje em dia, o entretenimento está mais globalizado do que nunca. A música e o talento verdadeiro transcendem a cultura e a linguagem e não podem ser impedidos por absolutamente nenhuma barreira."
— Teddy Park, 2018

VOCÊ SABIA?
As garotas do BLACKPINK foram indicadas na categoria Hottest Summer Superstar pela MTV em 2019. Outros nomes indicados foram Ariana Grande e Taylor Swift.

Por meio do Instagram, a YG Entertainment, responsável pelo grupo, também revelou que os projetos individuais das quatro garotas estarão cada vez mais em evidência nos próximos anos, ou seja, em breve veremos e — mais importante ainda — ouviremos cada vez mais as quatros poderosas e eletrizantes vozes que estão por trás do sucesso do BLACKPINK.

"NO MOMENTO, ESTAMOS TRABALHANDO SIMULTANEAMENTE NAS PRÓXIMAS MÚSICAS DO BLACKPINK E NOS PROJETOS SOLO PARA CADA UMA DAS QUATRO. O GRANDE PODER DO BLACKPINK É QUE A CAPACIDADE DE CADA UMA COMO ARTISTA SOLO É TÃO GRANDE QUANTO A COESÃO DELAS COMO UM GRUPO."
— YG ENTERTAINMENT, 2018

O que quer que o futuro esteja guardando, as garotas têm seus próprios discursos para propagar. Estejam elas sendo símbolos do empoderamento feminino ou encorajando os fãs a não terem medo de defender seus próprios pensamentos, o BLACKPINK afeta imensamente os Blinks em todo o mundo — e as garotas, com certeza, vão continuar sendo *idols* acessíveis e adoradas por um bom tempo.

RESPOSTAS

PERGUNTAS RÁPIDAS

Página 29: BLACKPINK House
Página 49: "As If It's Your Last".
Elas bateram o recorde de
"Not Today", do BTS

Página 55: "DDU-DU DDU-DU"
Página 92: Jennie, em "Solo".
Essa é a verdadeira rainha
fashion!

SUPERQUIZ

1. Billie Eilish, Tyga, Halsey
2. Comer salgadinhos sem fazer barulho
3. No dia 1º de novembro de 2016
4. Lisa
5. Pikachu
6. Capricórnio
7. No Japão
8. "DDU-DU DDU-DU"
9. "Forever Young", Jisoo
10. The Chainsmoker
11. Jisoo
12. Jennie
13. Jisoo
14. Dormir
15. "You Belong With Me", da Taylor Swift
16. Seu pai
17. Lisa — ela fala cinco idiomas
18. "Sensível"
19. Jennie
20. "As If It's Your Last", Rosé

CRÉDITOS DE IMAGEM

Foto de capa: Jordan Strauss/Invision/AP/Shutterstock

Páginas 6-7: Chung Sung-Jun/Getty Images

Página 13: Roger Kisby/Stringer/Getty Images for YouTube

Páginas 27, 53 e 71: Christopher Polk/REX/Shutterstock

Páginas 15, 21, 37, 63 e 77: Jordan Strauss/Invision/AP/Shutterstock

Páginas 18, 34 e 60: Han Myung-Gu/WireImage/Getty Images

Páginas 20, 23 e 94: D4Cgrapher/Wikimedia Commons

Páginas 28, 29, 54 e 110-111: Terence Patrick/CBS Photo Archive via Getty Images

Páginas 30, 36 (inferior), 76 (superior e inferior) e 69(Jisoo e Lisa): Idol Hunter/Wikimedia Commons

Página 36 (superior): Nine Stars/Wikimedia Commons

Páginas 39 e 69 (Jennie): DaftTaengk/Wikimedia Commons

Página 43: Kim Hee-Chul/EPA/REX/Shutterstock

Página 45: Newsenstar1/Wikimedia Commons

Páginas 62 (superior e inferior), 65, 69 (Rosé), 79 e 99 (superior e inferior): HeyDay/Wikimedia Commons

Página 70: Scott Kowalchyk/CBS Photo Archive via Getty Images

Página 74: Dimitrios Kambouris/Getty Images for Michael Kors

Página 83: THE FACT/Imazins via Getty Images

Página 90: SHOPEE Indonesia/ Wikimedia Commons

Página 103: tenasia/ Wikimedia Commons

BLACKPINK

IN YOUR
AREA

Primeira edição (junho/2020) · Primeira reimpressão
Papel de Capa Cartão Triplex 250g
Papel de Miolo Offset 120g
Tipografias Baro, Bebas Neue, Conduit ITC e TT Norms
Gráfica Eskenazi